Guardas frontales de Kieran Rivers de 7 años
Guardas finales de Bethany Crosbie de 11 años
Gracias a Dunmore Primary School de Abingdon, Oxfordshire, por su ayuda con las guardas – K. P.

A Helen Mortimer – V. T.
A Molly Dallas – K. P.

Editor de Océano Travesía: Daniel Goldin

Título original: Winnie in space

Tradujo Felipe Gómez Antúnez de la edición original en inglés de Oxford University Press, Oxford.

Winnie va al espacio se publicó originalmente en inglés en 2010.
Esta edición se ha publicado según acuerdo con Oxford University Press, Oxford.

"Winnie in Space" was originally published in English in 2010.
This edition is published by arrangement with Oxford University Press, Oxford.

D.R. © Editorial Océano, S.L.
C/ Milanesat 21-23, Edificio Océano
08017 Barcelona, España
www.oceano.com

D.R. © Editorial Océano de México, S.A. de C.V.
Blvd. Manuel Ávila Camacho 76, 10° piso
11000 México, D.F., México
www.oceano.mx

PRIMERA EDICIÓN 2012

ISBN: 978-84-494-4576-7 (Océano España)

ISBN: 978-607-400-654-4 (Océano México)

IMPRESO EN SINGAPUR / *PRINTED IN SINGAPORE*

Valerie Thomas y Korky Paul

Winnie
va al espacio

OCEANO travesía

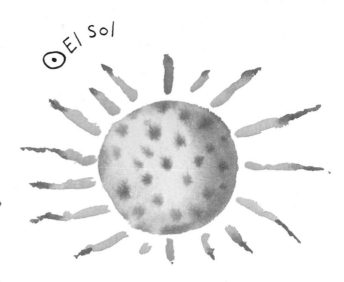

El Sol

A la bruja Winnie le fascinaba ver, a través de su telescopio, el cielo nocturno.

Era enorme y oscuro y misterioso. —Me encantaría viajar al espacio, Wilbur —solía decir Winnie—. Sería toda una gran aventura.

A Wilbur, el gato negro y grande de Winnie, también le fascinaba estar afuera por la noche. Le gustaba perseguir palomillas y murciélagos y sombras.

Con eso tenía Wilbur de aventuras.

Mercurio

Entonces, una noche, cuando la Luna y las estrellas brillaban, Winnie de repente dijo:
—¡Vamos al espacio ahora mismo, Wilbur!

—¿Miiau?
—preguntó Wilbur.

—Pero, ¿cómo vamos a llegar? —se preguntaba Winnie—. Necesitamos un cohete, y yo no tengo cohete—. Entonces miró arriba hacia la Luna y se le ocurrió una magnífica idea.

Agitó su varita mágica y gritó:

¡Abracadabra!

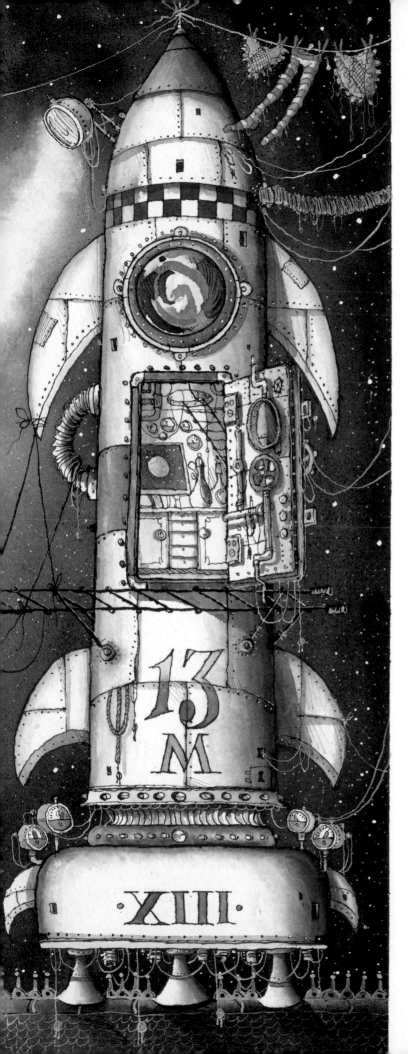

venus

...y ahí, sobre el tejado, apareció un cohete. Winnie empacó comida en una canasta, agarró, por si acaso, su Gran libro de conjuros y subió corriendo las escaleras con Wilbur.

Winnie cerró los ojos, agitó su varita mágica y gritó:

¡Abracadabra!

10 9 8 7 6 5 4 . . .

Tierra

3 2 1 . . . .

El cohete despegó del techo rumbo al espacio. Iba muy muy rápido y era difícil de conducir.

—¡Uy!

—Winnie casi se estrella contra un satélite.

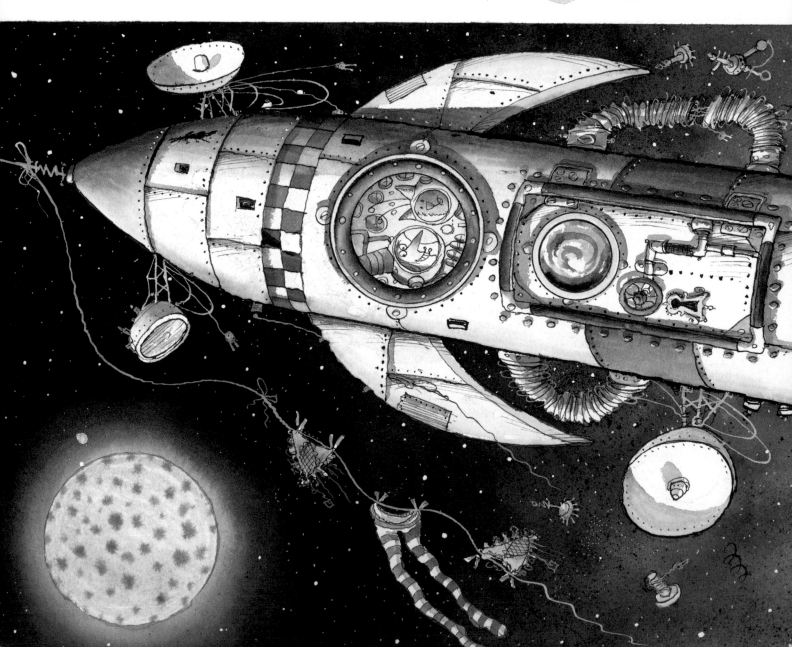

—¡Ay!, ¿era eso un platillo volador?

—¡Yyy!, ¡eso fue una estrella fugaz, Wilbur!

¡ZUUUM!

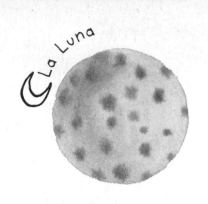

La Luna

—¡Miau! dijo Wilbur
y se cubrió los ojos con las patas.

—Buscaremos un planeta
encantador para hacer nuestro
picnic, Wilbur —dijo Winnie.

Wilbur se asomó entre sus patas.
Había pequeños planetas por
todos lados.

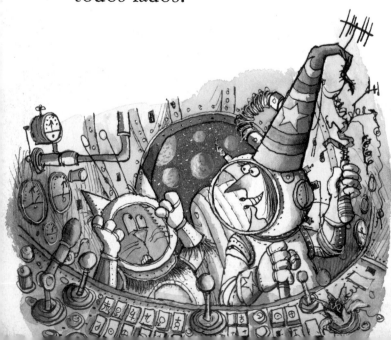

Marte ♂

—Mira, aquí hay un planeta pequeño y bonito —dijo Winnie—. Aquí haremos nuestro picnic.

—P r r r ! respondió Wilbur. Le encantaban los picnics.

¡P L u m !, el cohete aterrizó. Estaba todo tranquilo y en silencio. Lo chistoso es que había pequeños hoyos por todos lados. Wilbur se asomó por ellos. Parecían estar vacíos…

Winnie desempacó la comida: había bísquets de calabaza, mantecadas de chocolate, algunas cerezas y crema para Wilbur.

¡D e l i c i o s o !

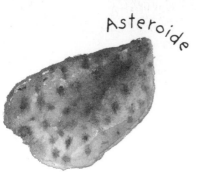

Asteroide

Un conejo se acercó brincando para probar algo de crema.

¡Guácala!

Una pequeña cabeza se asomó fuera de uno de los hoyos. Y de repente salieron cabezas por todas partes.

—¡Conejos! —dijo Winnie—. ¡Conejos espaciales han llegado a nuestro picnic!

—¡Miau! —dijo Wilbur.

Otro de los conejos espaciales probó un bísquet de calabaza.

¡Horrible.

¿Mantecadas de chocolate? ¡Asquerosas!

¿Cerezas? ¡Fúchi!

Luego, algunos de los conejos
espaciales brincaron
encima del cohete.

Lo olisquearon…

♃ Júpiter

y le dieron una mordida. Entonces el cohete se cubrió de conejos espaciales.

—¡Cielos! —exclamó Winnie. Agitó su varita mágica, gritó:

¡Abracadabra!

y comenzaron a lloverles encima zanahorias y lechugas a los conejos. Pero a los conejos espaciales no les gustaban las zanahorias y lechugas.

—¡Claro! —dijo Winnie. Agitó su varita mágica, gritó:

¡Abracadabra!

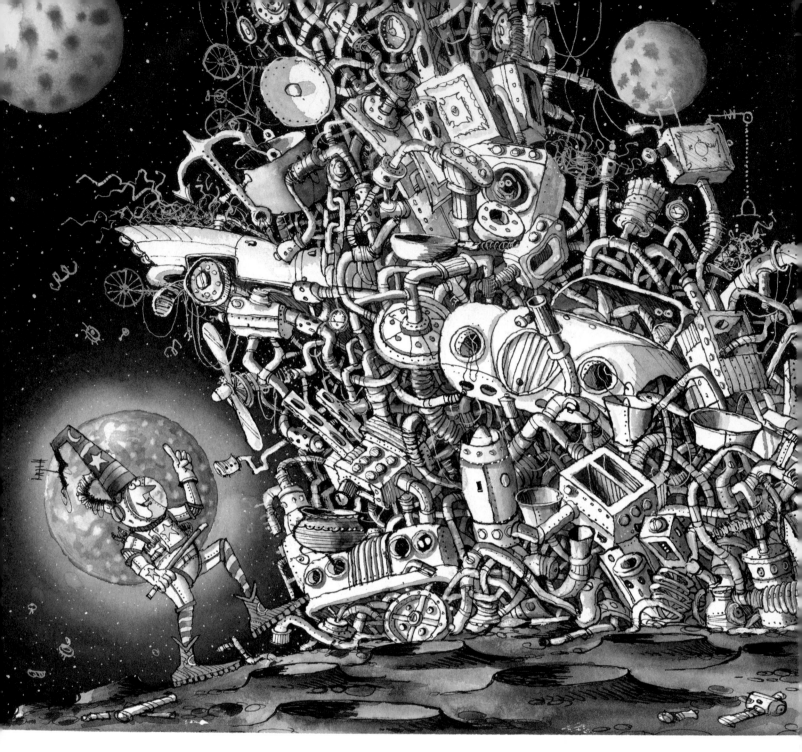

ħ Saturno

...y apareció una pila gigante
de metal.

Cacerolas,
carretillas,
bicicletas,
coches,
incluso un camión de bomberos.

¡Sí!, eso era lo que les gustaba
a los conejos espaciales.

¡Riquísimo!

Pero era demasiado
tarde...

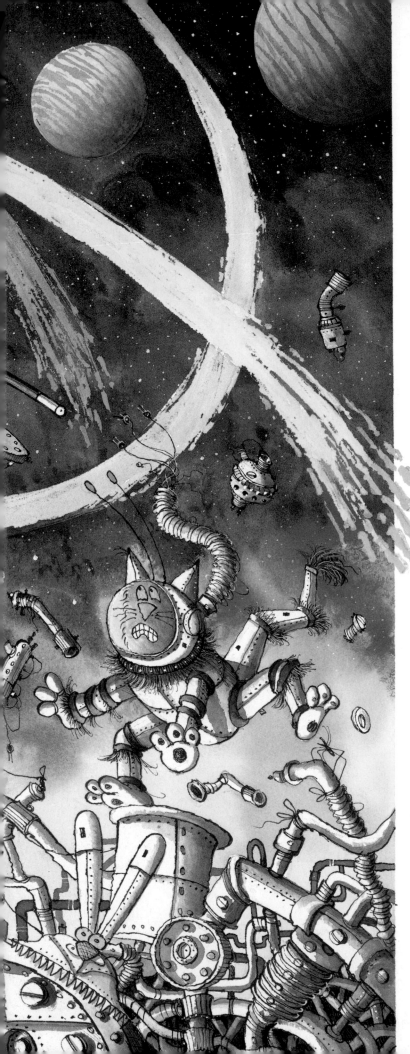

⛢ Urano

los conejos espaciales se habían comido ya todo el cohete metálico de Winnie.

—¡Escobas endemoniadas!— gritó Winnie—. ¿Ahora cómo regresaremos a casa?

—¡Miau! —dijo Wilbur.

Winnie volteó a ver la pila gigante de metal. —Quizás — dijo—; tal vez, me pregunto si…

Buscó en su Gran libro de conjuros. —¡Sí! —dijo.

Entonces tomó su varita mágica, la agitó cinco veces y gritó:

¡Abracadabra!

Se escuchó una explosión y se vio un destello de fuego…

Neptuno

y ahí, en la cima de la pila
gigante de metal había
un estruendoso y vibrante
cohete hecho de chatarra.

Winnie y Wilbur subieron
al estruendoso y vibrante cohete
y saltaron dentro.

¡RRUM!
El cohete salió disparado.
Rápida y estruendosamente
atravesó el espacio.

Plutón

¡PLAM!

El cohete aterrizó en el jardín de Winnie.

—Fue toda una aventura, Wilbur —dijo Winnie—, pero me da gusto estar de regreso en casa.

—Prr, prr, prr —dijo Wilbur.

Estaba muy contento de estar en casa.